QUARTA
QUINTA
SEXTA
SÁBADO
1
2
Museu!
6
REUNIÃO DE PAIS
c/ vovó
7
8
9
Festa!
13
14
15
PASSEIO
16
20
21
SARAU
22
23
Cinema!
27
28
Titia me pega na escola 14h
29
CHUVA
30
Marionetes!!!

CB053781

F

SÁBADO

OGE MORA

TRADUÇÃO Stephanie Borges

EDITORA

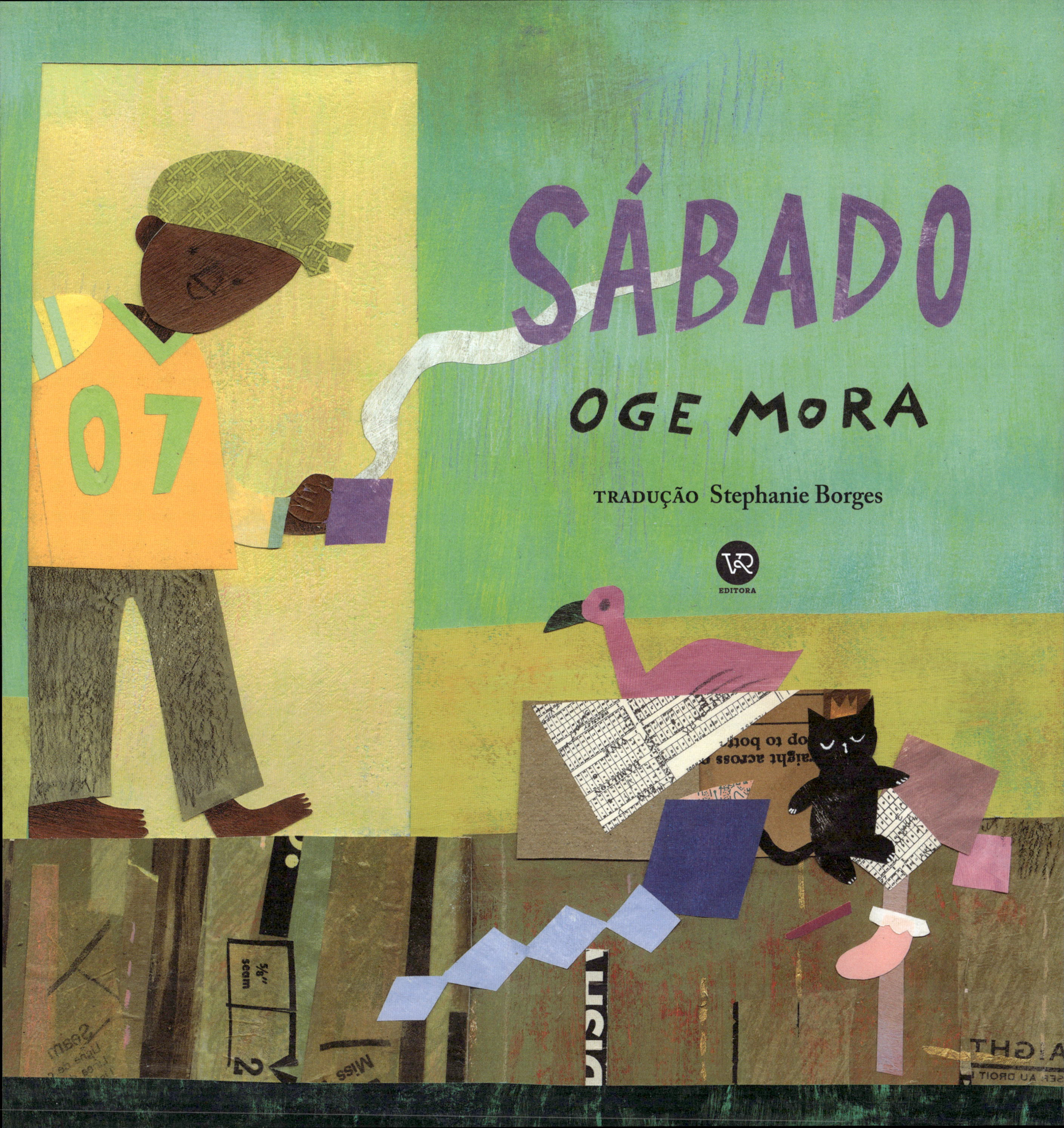

Hoje de manhã, Ava e sua mãe eram só sorrisos.
Era SÁBADO!

Porque a mãe de Ava trabalhou
domingo,
segunda,
terça,
quarta,
quinta,
e sexta.
Sábado era o dia em que elas aproveitavam juntas.

Aos SÁBADOS, elas corriam para a biblioteca para ouvir histórias.

Aos SÁBADOS, elas relaxavam no salão e seus cabelos ganhavam penteados novos.

Aos SÁBADOS, elas faziam piquenique no parque e curtiam uma tarde tranquila.

E *neste* SÁBADO, elas também pegariam um ônibus e atravessariam a cidade para ver a apresentação única do espetáculo de marionetes!

O dia seria especial.
O dia seria esplêndido.
O dia era **SÁBADO!**

Ava e sua mãe mal podiam esperar.

Então –

ZUUUM!

– lá foram elas.

Mas, quando chegaram na biblioteca…

RECEPÇÃO
Atenção
A contação de histórias de hoje foi CANCELADA.
Por favor, volte no sábado que vem...

…a contação tinha sido cancelada!

“Oh, não!”, Ava choramingou.

“Foi cancelada!”, a mãe de Ava lamentou.

Elas pararam, fecharam os olhos
e – *pfff!* – respiraram bem fundo.

“Não se preocupe, Ava”, sua mãe a consolou.
“Hoje vai ser especial.
Hoje vai ser esplêndido.
Hoje é **SÁBADO!**”

Então –

ZUUUUM!

– lá foram elas.

Mas, quando saíram do salão...

CHUÁÁÁ

...seus penteados foram arruinados.

“Oh, não!”, Ava soluçou.
“Nossos cabelos!”, a mãe de Ava reclamou.

Elas pararam, fecharam os olhos
e – *pfff!* – respiraram bem fundo.

"Não se preocupe, Ava", sua mãe a
consolou.
"Hoje vai ser especial.
Hoje vai ser esplêndido.
Hoje é SÁBADO!"

Então –

ZUUUUUUM!

– lá foram elas.

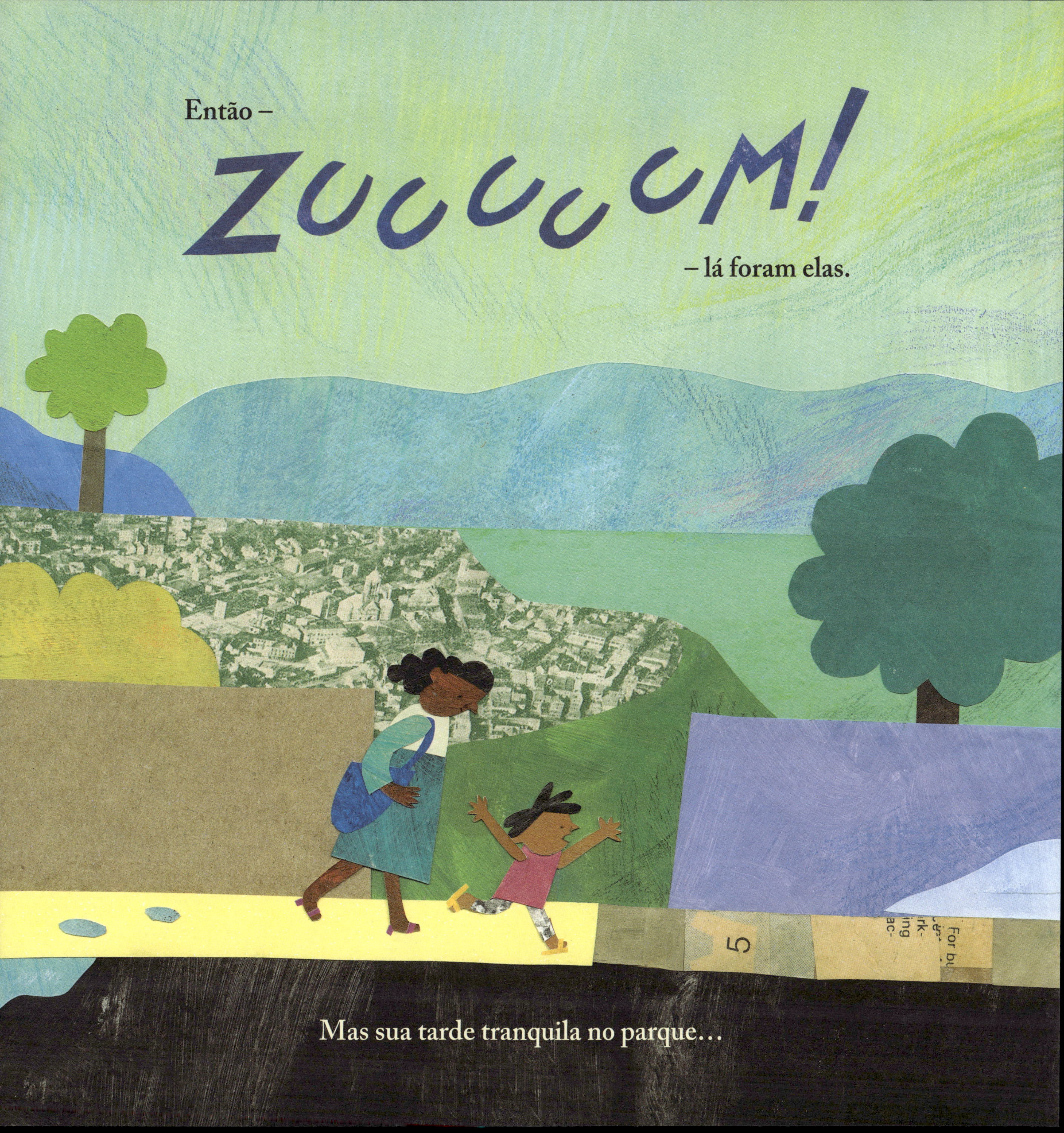

Mas sua tarde tranquila no parque…

…estava tumultuada.

“Oh, não!”, Ava resmungou. “O que você disse? Está tão barulhento!”, a mãe dela gritou.

Elas pararam, fecharam os olhos
e – *pfff!* – respiraram bem fundo.

"Não se preocupe, Ava", sua mãe a consolou.
"Hoje vai ser especial.
Hoje vai ser esplêndido..."

"HOJE VAI SER TERRÍVEL SE A GENTE PERDER AQUELE ÔNIBUS!!!"

Então –

ZUUUUUUM!

– lá foram as duas para o único e superespecial espetáculo de marionetes.

"Conseguimos!", Ava comemorou quando elas chegaram no teatro.

"Ainda bem!", a mãe de Ava soltou um suspiro, aliviada.

"Viva o SÁBADO!", elas celebraram!

“Ingressos!”, a senhora na porta cantarolou.

A mãe de Ava vasculhou sua bolsa…

…mas as entradas não estavam lá.

“OH, NÃO!”, a mãe de Ava deu um grito sufocado.
“Deixei nossos ingressos em cima da mesa!”

Enquanto Ava observava, sua mãe se encolhia.

"Deu tudo errado!", ela suspirou. "A contação de história foi cancelada, nossos penteados foram arruinados, o parque estava um tumulto e agora vamos perder o espetáculo de marionetes. Desculpe, Ava. Esperamos por isso a semana inteira, e eu estraguei tudo... Acabei com o sábado."

Ava ficou quieta por um instante.
Então, ela fechou os olhos
e – *pfff!* – respirou bem fundo.

“Não se preocupe, mamãe”, Ava a consolou.
“Hoje foi especial.
Hoje foi esplêndido.
Os sábados são maravilhosos...”

"…porque passo eles com você."

Então, devagarinho, de mãos dadas, lá foram elas.

Quando chegaram na porta de seu apartamento, Ava se voltou para sua mãe. Ela tinha uma ideia.

"E se nós...", Ava começou.

"É, a gente podia...", sua mãe começou.

E assim elas fizeram.

Que dia mais lindo.

Para minha mãe e a todas as aventuras espetaculares que compartilhamos.

— OGE

As colagens que ilustram este livro foram criadas com tinta acrílica, canetas de caligrafia, papéis estampados e recortes de livros antigos.

TÍTULO ORIGINAL *Saturday*

Copyright © 2019 by Oge Mora
Cover illustration copyright © 2019 by Oge Mora
Cover copyright © 2019 by Hachette Book Group, Inc.
© 2020 VR Editora S.A.

DIREÇÃO EDITORIAL Marco Garcia
EDIÇÃO Fabrício Valério
REVISÃO Marcia Alves
DESIGN DE CAPA & PROJETO GRÁFICO Sasha Illingworth
DIAGRAMAÇÃO & ADAPTAÇÃO DE LETTERING Pamella Destefi

Dados Internacionais de Catalogação na Publicação (CIP)
(Câmara Brasileira do Livro, SP, Brasil)

Mora, Oge
Sábado / Oge Mora; tradução Stephanie Borges. – 1. ed. – São Paulo: VR Editora, 2020.

Título original: Saturday
ISBN 978-65-86070-07-1

1. Literatura infantojuvenil 2. Mãe e filha I. Borges, Stephanie. II. Título.

20-39724 CDD-028.5

Índices para catálogo sistemático:
1. Literatura infantil 028.5
2. Literatura infantojuvenil 028.5
Maria Alice Ferreira - Bibliotecária – CRB-8/7964

Todos os direitos desta edição reservados à
VR EDITORA S.A.
Via das Magnólias, 327 – Sala 01 | Jardim Colibri
CEP 06713-270 | Cotia | SP
Tel.| Fax: (+55 11) 4702-9148
vreditoras.com.br | editoras@vreditoras.com.br

SUA OPINIÃO É MUITO IMPORTANTE

Mande um e-mail para **opiniao@vreditoras.com.br** com o título deste livro no campo "Assunto".

1ª edição, jan. 2021

FONTE Adobe Caslon Pro Semibold 18/27pt
PAPEL Offset 150g/m²
IMPRESSÃO Gráfica Santa Marta
LOTE GSM170223

OGE MORA

Nasceu em Columbus, Ohaio, nos Estados Unidos. Oge é graduada na Rhode Island School of Design com especialização em Ilustração. *Sábado* é o seu segundo livro. Sua obra de estreia, *Thank you, Omu* (Obrigado, Omu) recebeu inúmeros prêmios, entre eles a prestigiosa medalha Caldecott, em 2019.

DOMINGO
SEGUNDA
TERÇA
QUARTA
3
4
TEATRO
5
6
REUNIÃO DE PAIS
c/ vovó
7
10
11
12
NUBLADO
13
14
17
ENSOLARADO
18
19
20
21
24
25
26
27
28